L'effet manga

Jacqueline Pearce

Traduit de l'anglais
par Lise Archambault

Orca currents

ORCA BOOK PUBLISHERS

Catalogage avant publication de Bibliothèque et Archives Canada

Pearce, Jacqueline, 1962–
[Manga touch. Français]
L'effet manga / Jacqueline Pearce.

(Orca currents)
Traduction de: Manga touch.
Également publ. en version électronique.
ISBN 978-1-55469-379-5

I. Titre. II. Titre: Manga touch. Français. III. Collection: Orca currents
PS8581.E26M3514 2010   JC813'.6   C2010-904566-1

First published in the United States, 2010
Library of Congress Control Number: 2010931364

Summary: The manga touch is everywhere in Japan, but Dana still feels alone.

Mixed Sources
Cert no. SW-COC-001271
© 1996 FSC

*Orca Book Publishers is dedicated to preserving the environment and has printed this
book on paper certified by the Forest Stewardship Council.*

Orca Book Publishers gratefully acknowledges the support for its publishing
programs provided by the following agencies: the Government of Canada
through the Canada Book Fund and the Canada Council for the Arts,
and the Province of British Columbia through the BC Arts
Council and the Book Publishing Tax Credit.

*We acknowledge the financial support of the Government of Canada, through the
National Translation Program for Book Publishing, for our translation activities.*

Cover design by Teresa Bubela
Cover photography by Getty Images

ORCA BOOK PUBLISHERS   ORCA BOOK PUBLISHERS
PO Box 5626, Stn. B   PO Box 468
Victoria, BC Canada   Custer, WA USA
V8R 6S4   98240-0468

www.orcabook.com
Printed and bound in Canada.

13 12 11 10 • 4 3 2 1

Chapitre premier

Je regarde par le hublot tandis que l'avion roule lentement sur la piste d'envol. Comme je suis assise dans la première rangée et que je tourne le dos aux autres, j'arrive presque à oublier que je dois passer deux semaines au Japon avec Melissa Muller et ses groupies. La bande à Melly, comme je les appelle. Si vous avez déjà vu une volée de corneilles qui s'attaquent à un pauvre corbeau, vous comprendrez ce que je veux dire.

Melissa et ses amies se tiennent en bande comme des corneilles. Si elles n'aiment pas vos vêtements ou la couleur de vos cheveux — les miens sont rouge grenade ces jours-ci — elles ne vous attaquent pas réellement comme des corneilles, mais elles vous font sentir du regard que vous ne valez pas mieux que de la crotte.

Un frisson me parcourt au moment où nous décollons. Nous nous élevons dans les nuages et Vancouver disparaît. Je suis contente de partir. Dehors il n'y a rien que du blanc. J'ai l'impression de me trouver dans un passage magique. À l'autre bout de toute cette blancheur, il y a un monde différent.

Je me tourne vers l'intérieur de l'avion. Je ne connais rien de la fille qui est assise à côté de moi, sauf son nom, Maya Contina. Elle est occupée à parler avec une amie assise de l'autre côté de l'allée et elle m'ignore. Quelques rangées derrière moi, Melissa est assise à côté de son copain, Zach Bellows. Ils ont la tête penchée l'un vers l'autre. Quelqu'un leur lance une boulette de papier. Zach rit et la lance à son tour. Melissa fait semblant d'être agacée, mais il est évident qu'elle aime attirer l'attention. Elle est encore plus maquillée que d'habitude. Moi je porte beaucoup d'eye-liner, mais c'est seulement parce que je veux avoir l'air différent. Melissa, elle, se donne des allures de mannequin. Elle ne porte que des vêtements de designers et elle n'arrête pas de faire tournoyer ses longs cheveux blonds sur ses épaules.

Melissa se tourne vers moi comme si elle avait senti que je la regardais. Lorsque nos regards se croisent, je prends un air indifférent. Elle détourne la tête. On dirait qu'elle est mal à l'aise. Est-ce l'ancienne Mel qui transparaît?

Non. Il ne reste rien de la Mel qui a déjà été ma meilleure amie.

Le signal des ceintures de sécurité s'éteint et je ramasse mon sac à dos sous le siège. Je sors mon baladeur MP3 et mon carnet de croquis. J'ouvre le carnet et commence à dessiner.

Avec des traits légers, je dessine la forme d'un corps et d'un visage. J'appuie plus fortement lorsque je suis satisfaite de mon croquis. Je fais des yeux de style manga — mais pas trop grands. J'ajoute deux mèches de cheveux qui balaient le visage de la fille comme des ailes de corbeaux.

Lorsque je suis penchée sur mon carnet, mes cheveux tombent tel un rideau rouge autour de mon visage. Je suis dans un monde à moi. Mais je sens que les autres m'observent en faisant semblant de rien.

Peut-être que je me sentirai mieux au Japon. Je connais au moins le manga et l'*anime* — les bandes dessinées et les dessins animés japonais. J'en suis fana depuis que, toute petite, j'ai vu le premier épisode de *Sailor Moon*. Après ça, je suis passée des dessins animés aux livres de manga. Le personnage que je dessine en ce moment est influencé par les mangas noirs que je lis depuis quelque temps.

Soudain, quelqu'un m'arrache le carnet des mains.

— Voyons un peu ce que tu fais, la Rouge, dit une voix masculine.

— Hé!

Je retire mes oreillettes et me retourne. C'est DJ, le gars le plus agaçant de notre école. C'est bien ma chance d'être assise juste en avant de lui.

— Mon nom est *Dana*, dis-je en lui lançant un regard furieux.

J'essaie de reprendre mon carnet mais DJ le tient hors de ma portée. Il rit. Je voudrais effacer d'une gifle son sourire moqueur.

— Elle parle! Elle parle! dit-il.

Il a de la chance que mes mains ne puissent pas atteindre sa gorge.

— Rends-moi mon carnet!

Tout le monde nous regarde maintenant. Tout le monde sauf M. Crawford et Mme Delucci, nos enseignants, qui ignorent délibérément les abrutis qu'ils sont censés surveiller.

J'allonge encore le bras pour saisir mon carnet et DJ l'éloigne de nouveau. Malheureusement pour lui, il n'y a pas beaucoup d'espace dans un avion et je saisis une poignée de ses cheveux.

Il pousse un cri perçant qui tient à la fois du rire aigu et du cri de douleur. Puis il lance le carnet. Celui-ci atterrit dans les mains de Zach Bellows, qui commence à le regarder.

Bien que je bouille de colère, je m'efforce de ne pas crier. J'aperçois Melissa du coin de l'œil et lui lance un regard furieux. Si elle se rappelle l'époque où nous étions amies, elle sait combien je déteste que les gens regardent mes dessins privés.

Au prix d'un grand effort de volonté, je me retourne et m'assois. Si je fais semblant de ne pas tenir pas au carnet, ils vont peut-être s'en désintéresser. À moins qu'ils ne commencent à se moquer. Je sens la panique monter en moi.

— Tiens, passe-lui ça, dit une voix de fille dans l'allée.

Aussitôt dit, aussitôt fait. Maya dépose le carnet dans mes mains.

— Pourquoi as-tu fait ça? demande D.*Jerk* plaintivement.

Je regarde dans l'allée et je vois Melissa qui retourne à sa place.

— Le film va commencer, dit-elle avec un sourire accrocheur. Ce sera difficile de le regarder si vous continuez à lancer des objets à tout bout de champ.

Chapitre deux

— Nous commençons notre descente, annonce la voix du capitaine. Nous allons atterrir à l'aéroport de Nagoya dans trente minutes.

Finalement! Ça y est. Nous nous approchons d'un damier de petits champs verts et bruns. Il commence à faire noir et je peux à peine distinguer les couleurs. Le long des champs se découpent des formes grises. Ce sont des édifices.

Je suis un peu déçue. Je m'imaginais sans doute que les nuages allaient s'écarter pour laisser paraître un paysage scintillant comme des pierres précieuses. Mais tout est terne et gris. Pas tellement différent de Vancouver.

Le temps est gris et le jour tombe, c'est tout. Ça va aller mieux demain.

L'intérieur de l'aéroport ne donne aucun indice du pays où nous venons d'atterrir. Il y autant d'affiches en anglais qu'en japonais. Je prends le trottoir roulant et j'entends une voix féminine enregistrée qui nous avertit, dans un anglais parfait : « Please watch your step ». Elle dit aussi quelque chose en japonais qui veut sans doute dire la même chose. Nous passons la douane et allons récupérer nos bagages.

Je cherche des toilettes. J'aperçois le mot anglais *toilet* sur un panneau. Sur une porte il y a la petite image d'un homme en bleu. Sur l'autre, celle d'une femme en rose. J'ouvre la porte rose. Quelques filles de notre groupe me suivent. Les toilettes sont propres et modernes. Je pousse la porte d'une cabine et reste figée sur place.

Je me demande d'abord si j'ai choisi la mauvaise porte d'entrée. J'ai devant moi un urinoir, mais celui-ci est dans le plancher. Je me dis que c'est une toilette de style japonais. Maintenant, je me sens réellement dans un monde différent.

— Mais qu'est-ce que c'est ça? demande une voix familière.

Je regarde par-dessus mon épaule. Melissa se tient devant une cabine, une main sur la hanche.

— Tu te places au-dessus du trou et tu t'accroupis, dis-je.

Puis j'entre dans ma cabine comme si je savais parfaitement ce que je dois faire.

L'expression sur le visage de Melissa vaut à elle seule le prix de ce voyage.

— Pas question. Je me retiens, dit Melissa.

J'en ris encore lorsque j'atteins l'aire de retrait des bagages.

Dans le foyer de l'aéroport, un Japonais en complet noir nous accueille. C'est M. Akimoto, l'enseignant hôte de l'école secondaire Suzuka. Son visage rond est éclairé d'un sourire. Ses cheveux noirs épais ont l'air d'un bonnet serré.

Nous suivons M. Akimoto et sortons de l'aéroport en traînant nos bagages. Je regarde autour de moi, avide de connaître enfin le Japon. Mais il fait noir maintenant. Je ne vois rien d'autre que le béton de l'aéroport. Cependant il fait doux, et c'est plus humide qu'au printemps à Vancouver. Je respire profondément l'air japonais.

— Ne prenons-nous pas des taxis? demande Melissa.

M. Akimoto nous mène vers un passage couvert. Il nous explique que l'aéroport est construit sur une île artificielle. Il faut traverser la baie d'Ise en ferry pour se rendre à Suzuka. J'essaie d'apercevoir les lumières de l'autre côté de la baie. Je ne peux distinguer que quelques points flous dans le noir.

Un grand navire blanc aux lignes pures arrive au quai et nous embarquons. L'intérieur du ferry est tout à fait moderne — lumière vive, sièges d'avion, téléviseurs suspendus au plafond. Je me sens dans un univers irréel lorsque je m'enfonce dans mon siège confortable. Soudainement, je suis saisie de fatigue. Il est trois heures du matin chez nous. Ça fait dix-neuf heures que je n'ai pas dormi.

Nous débarquons du ferry à Tsu. Je remarque quelques petits palmiers, ce qui m'étonne. Plusieurs adolescents font du skate dans le stationnement. Nous les regardons avec intérêt. M. Akimoto nous guide vers l'autobus qui nous attend.

Nous montons par la porte arrière. Tandis que nous nous efforçons de trouver de la place pour toutes nos valises, j'observe les skaters. Vêtus de T-shirts et de pantalons trop grands, ils ressemblent aux ados de n'importe quel pays. Un gars aux cheveux noirs hérissés me rappelle un personnage de manga — le héros type effronté et rebelle. J'ai hâte de vivre dans ce monde. Comment sera ma famille hôte? Vais-je rencontrer quelqu'un qui ressemble à ce personnage?

L'autobus circule à gauche de la route et ça me rend un peu nerveuse. Les rues me semblent moins éclairées que chez nous. Il y a de grands panneaux partout avec des caractères japonais. Il n'y a plus d'anglais maintenant. Le bus s'arrête devant une gare de chemin de fer et nous descendons. M. Akimoto paie notre passage comme nous défilons à la sortie.

— Tout est à l'envers ici, dit Melissa d'une voix plaintive.

— Ouais, dit Zach en riant.

Ça me hérisse. Melissa a-t-elle toujours été comme ça?

— Peut-être que c'est toi qui es à l'envers, dis-je.

Melissa et plusieurs autres se tournent vers moi et me fixent. Puis elles prennent un air absent et font semblant de ne pas me voir.

— As-tu entendu quelque chose? demande Melissa à sa voisine.

La fille hausse les épaules.

— Non, juste un drôle de bruit. Ça vient sans doute de la rue.

Elles me tournent le dos — comme si ça pouvait me faire quelque chose.

Dans le train, je vois sur une affiche un visage de femme de style manga. Cool. M. Akimoto nous dit que nous serons à Suzuka dans vingt minutes. Nos familles hôtes nous attendent à la gare. Je serre mon sac à dos. J'ai des papillons dans l'estomac. Je ne sais pas si c'est la nervosité ou juste l'excitation. Je serai bientôt débarrassée de Melissa et des autres — pour quelque temps du moins.

Chapitre trois

— Bienvenue au Japon. Je m'appelle Fumiko Seto.

Ma « sœur » hôte s'avance vers moi. Elle a le sourire timide et le visage en forme de cœur. Ses cheveux noirs balaient ses épaules comme c'est la mode ici. Elle porte l'uniforme de son école. Les autres jeunes Japonais portent aussi l'uniforme. Celui des garçons, veston sans collet et pantalon noirs, a l'air militaire. La jupe écossaise, le blazer noir et la blouse blanche des filles ressemblent à l'uniforme d'une école privée canadienne. Mais Suzuka High est une école publique. À côté des élèves japonais, nous avons l'air plutôt négligés et fatigués par le voyage. Sauf Melissa, qui a sans doute rafraîchi son maquillage et recoiffé ses cheveux.

— Voici mon père et ma mère, me dit Fumiko, en désignant l'homme et la femme qui se tiennent près d'elle.

Son anglais est bon. C'est un soulagement.

— Allô, dis-je, oubliant que j'avais prévu dire *konbanwa*, bonsoir en japonais.

Mes parents hôtes sourient et me saluent en inclinant la tête. Puis ils me serrent la main chacun leur tour. Je vois qu'ils ne comprennent pas beaucoup l'anglais. Mais ils me semblent gentils

et accueillants. M. Seto n'est pas beaucoup plus grand que moi et sa chevelure est parsemée de gris. Mme Seto est
plus petite que moi. Son visage est une
version plus âgée de celui de Fumiko.
M. Seto ramasse ma valise et dit quelque
chose en japonais. Je suppose que ça
veut dire « Veuillez me suivre ».

— Je regrette que mon frère aîné,
Kenji, n'ait pas pu venir à la gare, me
dit Fumiko tandis que nous sortons de
la gare.

— Ça n'est pas grave, dis-je.

Ce frère aîné me rend curieuse et un
peu nerveuse.

Parvenue à la sortie, je me retourne
pour regarder les autres élèves de mon
école. Ils sont tous partis avec leurs
familles hôtes. La panique m'assaille,
mais je la repousse. Je suis bien contente
de m'éloigner du groupe.

— *Sayonara*, bon débarras! dis-je
tout bas.

À quelques mètres devant moi, Melissa franchit les portes. Elle regarde par-dessus son épaule comme une enfant qui a peur. Puis elle me voit et me lance un regard furieux.

Les Seto me guident vers une fourgonnette qui porte sur le côté l'inscription en anglais *Honda Stepwagon Spada*.

— Mon père travaille chez Honda, dit Fumiko, avec un air de fierté.

M. Seto m'indique de la main un siège à l'avant. Il y a un moment confus et embarrassant où j'essaie de monter sur le siège du chauffeur. J'ai oublié que lorsqu'on conduit à gauche de la route, le chauffeur s'assoit à droite. Je finis par m'asseoir dans le siège du passager. Je m'incline vers l'arrière, prête à dormir, mais l'excitation m'empêche de fermer les yeux. Enfilant des rues sombres et inconnues, en compagnie de trois étrangers, je me sens soudainement très loin de chez moi.

Nous arrivons à la maison des Seto, qui se trouve coincée parmi d'autres maisons alignées sur un côté d'un chemin étroit. Elles ressemblent aux maisons nord-américaines, mais en plus petit. Plusieurs ont des avant-toits recourbés. De l'autre côté de la rue se trouve un espace sombre, et d'autres maisons au-delà. En sortant de l'auto, j'entends d'étranges craquements qui viennent de la noirceur. Je n'y vois rien du tout.

La petite entrée de la maison des Seto est plus basse que les autres pièces. J'enlève mes souliers. Je sais que c'est ainsi qu'on doit faire au Japon. Pourtant, j'ai l'impression que quelque chose ne va pas. Mme Seto pose rapidement une paire de pantoufles bleues en tissu sur le niveau supérieur devant moi. Fumiko me touche le bras.

— Comme ceci, dit-elle.

Elle sort les pieds de ses souliers et les glisse directement dans les pantoufles qui les attendent sur le plancher plus haut.

— L'étage du bas est réservé aux souliers seulement, explique-t-elle.

Je suis debout à l'étage des souliers, en chaussettes.

— Oh, excusez-moi, dis-je.

Je saute dans mes pantoufles, gênée.

Mme Seto me tend la main comme si j'étais un animal apeuré qu'il faut calmer. Elle me fait un sourire confus. Fumiko rit, couvrant sa bouche d'une main.

— Ça va, dit Fumiko. On ne peut pas penser à tout.

Qui aurait cru que les souliers puissent avoir une telle importance?

M. et Mme Seto échangent des mots en japonais et une nouvelle voix se mêle à leur conversation. Je lève la tête et mon regard rencontre les yeux sombres d'un adolescent aux cheveux en broussaille. Il ne sourit pas.

Fumiko me présente son frère, Kenji.

— Heureux de faire ta connaissance, dit-il avec raideur, comme s'il récitait la leçon apprise dans un livre.

Fumiko et sa mère se regardent dans un silence gêné. Puis Fumiko touche mon bras une fois de plus.

— Viens, s'il te plaît, dit-elle. Je vais te montrer notre maison.

Sa mère lui dit quelques mots en japonais.

— Excuse-moi, me dit Fumiko, l'air embarrassé. Tu dois être fatiguée. J'aurais dû te demander si tu veux aller dans ta chambre.

Cette fois-ci, c'est M. Seto qui intervient.

— Mon père pense que tu pourrais avoir faim, dit Fumiko. Aimerais-tu manger quelque chose?

Je regarde chacun des visages attentifs. Seul Kenji se tient à l'écart, avec l'air de quelqu'un qui s'ennuie. Soudainement, je me sens submergée de fatigue. La seule chose qui m'intéresse est de m'évader vers un lit douillet — ou même un futon dur. Un oreiller japonais en bois que j'ai vu dans un livre me revient à l'esprit. Mais en ce moment, peu importe sur quoi mes hôtes me feront dormir.

Le tour de la maison est remis à plus tard. Mme Seto demande à être excusée et disparaît pour me préparer un bain. Je vais sans doute apprendre que les bains aussi sont différents ici. Après que son père l'y ait encouragé avec insistance, Kenji soulève ma valise. Fumiko et moi le suivons dans un escalier raide. Kenji pousse une porte en haut du palier et pose ma valise. J'entre dans la chambre, soulagée et un peu déçue de voir un lit normal et douillet. Pas de futon sur le plancher et pas d'oreiller en bois.

Je commence à remercier Kenji, mais il est déjà parti. C'est quoi, son problème? Je me pose la question, mais je suis trop fatiguée pour y réfléchir maintenant.

Fumiko me montre la salle de bain, qui commence à être embuée par l'eau chaude qui coule dans une baignoire profonde. Le plancher est carrelé et il y a une pomme de douche et un tuyau fixés au mur près de la baignoire.

— Où est la toilette?

— Plus loin dans le corridor, répond Fumiko. Au Japon, la baignoire est à part. Dans l'ancien temps, les gens n'avaient pas de baignoire chez eux. Ils allaient aux bains publics.

— Ça devait être amusant, dis-je.

Fumiko ferme le robinet.

— Voilà, c'est prêt maintenant.

Voyant mon air confus, elle ajoute :

— Tu t'assois d'abord sur le banc pour te laver. Elle indique un petit banc de plastique posé à côté de la baignoire. Tu peux aussi rester debout et prendre une douche, si tu préfères. Ensuite, tu peux entrer dans le bain et te relaxer. Prends le temps que tu voudras.

— Veux-tu que je vide la baignoire lorsque j'aurai terminé?

— Non, ma mère la videra lorsque nous aurons tous fini.

Je comprends maintenant. On se lave d'abord pour que l'eau reste propre. C'est comme une cuve thermale, sauf qu'on y va chacun son tour au lieu de tous en même temps. Peut-être que dans l'ancien temps, ils se baignaient tous ensemble dans les bains publics.

— Je te souhaite une bonne nuit maintenant, dit Fumiko. Mais si tu as besoin de quoi que ce soit, n'hésite pas à le demander.

— Merci. Ça va aller.

Je ferme la porte à clé après le départ de Fumiko. Ça fait du bien d'être seule.

Lorsque je suis sous la douche, j'imagine que mon ancienne vie part au lavage. Je me laisse glisser dans la baignoire fumante. J'ai l'impression de m'immerger dans le Japon et l'aventure de ce voyage.

Chapitre quatre

Je m'éveille d'un sommeil doux et confortable. Je suis prête pour ma première journée au Japon. Je repousse les couvertures et saute du lit. Je vais à la fenêtre pieds nus et j'ouvre les rideaux.

Oh! ce que je vois est une rizière. C'était donc ça le trou noir de l'autre côté de la rue. De la grandeur d'un bloc d'habitations, l'étendue est entièrement submergée et entourée de maisons. Le soleil commence à paraître au-dessus des toits. De petites touffes vertes sortent de l'eau et forment des lignes pointillées. Une corneille survole paresseusement le champ et se pose sur un toit.

Je ne sais pas à quoi je m'attendais, mais ce n'est certainement pas à voir une rizière au milieu de la ville. La journée s'annonce intéressante.

Alors, que vais-je porter pour mes débuts à l'école japonaise? Je choisis un kilt court à carreaux vert-jaune et un T-shirt violet. Ces couleurs sont incompatibles avec celle de mes cheveux. Ce n'est pas un look que Melissa et ses amies vont aimer. Au moins je ne serai pas comme tout le monde.

Lorsque je descends pour déjeuner, M. Seto est déjà parti travailler. Fumiko, Kenji et moi nous assoyons à une table de style nord-américain. Mme Seto nous sert des œufs à la coque dans de petits coquetiers, des bols de yogourt et d'épaisses tranches de pain. Je ne m'attendais pas du tout à ça. J'apprends bientôt que c'est l'idée que se font les Seto d'un déjeuner nord-américain.

— C'est bon, dis-je à Mme Seto par l'intermédiaire de Fumiko, mais j'aimerais essayer un déjeuner japonais pendant que je suis ici.

Mme Seto sourit et incline la tête, l'air content.

Assis de l'autre côté de la table, Kenji nous lance des regards noirs. Il repousse son yogourt et se lève, marmonnant en japonais.

— Il doit aller à l'école de bonne heure pour un entraînement de soccer, explique Fumiko.

Je me demande ce qu'il a dit réellement. À cet instant, Kenji me semble plutôt antipathique, mais lorsqu'il sourit à sa mère et lui dit quelque chose, j'imagine que c'est « merci pour le déjeuner ».

Le repas terminé, Fumiko me fait faire un tour de la maison. Dans une pièce, le plancher est recouvert de *tatamis*. Ce sont des tapis d'herbe tissée. Il s'y trouve aussi un petit autel de bois contre le mur du fond et une alcôve appelée *tokonoma*. Il y a un vase de fleurs sur une tablette et une peinture sur parchemin dans l'alcôve, mais aucune autre décoration dans la pièce. Nous devons enlever nos pantoufles avant d'entrer. Même les pantoufles sont interdites sur le plancher de *tatamis*. Fumiko explique que dans l'ancien temps, cette pièce était typique des maisons japonaises.

Fumiko me montre aussi sa chambre à coucher. Elle est petite et le dessus de lit rose s'harmonise avec les rideaux à volants. Elle a un petit bureau encombré

et des posters de vedettes japonaises sur
les murs.

Sur son bureau, un coin de livre coloré
attire mon regard.

— Est-ce que c'est un manga?

— Oui, répond Fumiko, l'air ravie.
Tu aimes les mangas?

Elle prononce ce mot *munga*.

— Certains, dis-je.

J'essaie de ne pas avoir l'air trop
excitée. Elle retire le livre de sous les
papiers et me le donne. Le titre est en
japonais. Il y a une fille avec une grosse
tête et de grands yeux liquides sur la
couverture.

— En as-tu d'autres?

J'essaie de ne pas trop montrer ma
déception. Ce livre est destiné aux
enfants.

— Ah oui, dit Fumiko, cherchant
dans le fouillis.

Elle me tend un autre livre. Je reconnais le chat bleu sur la couverture.

Doraemon, le chat robot du futur. Encore un livre pour enfants.

— As-tu *Fullmetal Alchemist* ou *Bleach*?

— Ah, tu connais ces mangas? demande-t-elle, visiblement impressionnée.

— Oui, nous les avons au Canada.

— Tu aimes les mangas d'aventures? demande-t-elle.

— J'imagine qu'on pourrait les appeler comme ça.

— J'aime mieux les… elle cherche les bons mots anglais… les mangas plus légers.

— Oh.

Elle aime les personnages mignons avec de grands yeux.

— Les préférés de Kenji sont les mangas de sports. Mais il en a peut-être un du type que tu aimes, dit Fumiko. Tu pourrais lui demander après l'école.

— D'accord.

Mais j'imagine difficilement Kenji me prêtant quoi que ce soit.

Nous nous dépêchons de descendre. Fumiko explique qu'elle prend habitu-ellement le train pour aller à l'école, mais que ce matin sa mère nous conduira. Mme Seto nous a préparé des boîtes-repas. Celle qu'elle me donne est enveloppée dans un tissu bleu.

Mme Seto nous dépose devant la grille d'entrée de l'école.

— On ferme les grilles lorsque l'école commence, explique Fumiko.

— On vous enferme?

— Mais non, répond Fumiko, l'air étonnée. Les élèves peuvent entrer et sortir, mais pas les autos.

L'école est grande et moderne. Nous nous joignons à la foule des élèves qui arrivent à l'école à pied ou à bicyclette. La plupart me regardent avec intérêt. M. Akimoto, l'enseignant qui nous a accueillis à l'aéroport, se tient près de l'entrée.

— *Ohayo gozaimasu, sensei*, le salue Fumiko en inclinant légèrement la tête.

Je répète après elle. Je ne sais trop comment faire le salut incliné, alors je m'abstiens.

— Bonjour, jeunes dames, dit M. Akimoto avec un large sourire.

Dans le foyer, les élèves changent leurs souliers pour des pantoufles vertes en plastique. Fumiko m'en trouve une paire. Nous rangeons nos souliers dans sa case. Il n'y a pas d'armoires fermées.

Dans le corridor, nous sommes accueillies par des cris enthousiastes. Une bande de filles se précipite sur nous. Les amies de Fumiko, de toute évidence. À part une fille un peu plus grande, toutes sont à peu près de la même taille que Fumiko. Je me sens très grande parmi elles.

Fumiko me présente. Les filles me disent un bonjour timide. Puis elles se tournent les unes vers les autres et parlent toutes en même temps. La plus petite porte un sac à dos d'où pendent une vingtaine de petits jouets en plastique. Elle dit quelque chose comme *kow-wah-ee* d'une voix excitée.

Les autres filles m'examinent et font signe que oui de la tête.

— *Kawaii* veut dire mignon, explique Fumiko. Elles aiment tes vêtements.

Je ne visais pas particulièrement le look mignon, mais je souris et les remercie.

— *Kow-wa...*, dis-je, mais je ne prononce pas comme il faut.

Elles se mettent à rire et répètent le mot.

— *Kawaii*, dis-je, montrant du doigt les petits jouets qui pendent du sac à dos.

Au nom des bonnes relations internationales, je ne laisse pas voir que ces jouets me donnent envie de vomir. Qu'est-ce qu'elles ont toutes à être gagas du mignon?

— *Hai*, disent les filles en japonais.

Elles semblent apprécier mes efforts.

— Aimes-tu magasiner? demande la plus petite.

Magasiner? Pourquoi cette question? Je hausse les épaules.

— Ça m'arrive, des fois.

— Oui, elle magasine au Village des Valeurs, dit une voix masculine familière.

Je me retourne et vois le sourire moqueur de DJ. Il se penche comme pour esquiver un coup de poing.

— C'est un magasin au Canada? demande Fumiko.

— Oui, un endroit où *lui* n'a pas les moyens de magasiner, dis-je assez fort pour qu'il m'entende.

Je suis Fumiko jusque dans sa classe. Elle me trouve une chaise et la pose près de la sienne. Les filles se placent d'un côté de la classe et les garçons de l'autre. Ils ne se mêlent pas comme nous le faisons chez nous.

Les amies de Fumiko se rassemblent autour de nous et chuchotent. J'ai l'impression qu'elles veulent me demander quelque chose. Finalement, elles poussent la plus grande en avant.

— Est-ce que tu...? commence-t-elle.

Elle hésite et se tourne vers Fumiko.

Les mots fusent de toutes parts. Les autres semblent presser Fumiko de poser la question à sa place. Elle a l'air embarrassée.

— Est-ce que tu te teins les cheveux? demande enfin Fumiko.

Je ris. C'est ça la grande question?

— Bien sûr, dis-je. Ma couleur naturelle est le châtain.

Elles se remettent à parler toutes en même temps. Fumiko me dit que les élèves n'ont pas le droit de se teindre les cheveux. Les règles de l'école sont strictes.

— Et cette fille-là? demande l'une d'elles.

Elle indique Mélissa, autour de qui une foule est rassemblée. Évidemment. Il fallait bien que je me retrouve dans la même classe qu'elle.

— Est-ce qu'elle se teint les cheveux? demande Fumiko, les yeux rivés sur la chevelure blond pâle de Melissa.

J'ai envie de dire oui, mais je sais que ses cheveux sont de cette couleur depuis toujours.

— Non, c'est sa couleur naturelle.

Les amies de Fumiko ont l'air impressionnées. Mes yeux rencontrent alors ceux de Melissa. Nos regards s'accrochent pour une fraction de seconde. Puis elle regarde à travers moi, comme si j'étais invisible. J'aurais dû dire aux amies de Fumiko que sa chevelure est artificielle — tout comme le reste de sa personne.

Une voix forte venue du fond de la classe donne un ordre. Les élèves japonais se lèvent immédiatement. Un enseignant marche vers l'estrade et incline la tête. Les élèves lui rendent son salut.

La classe-foyer dure environ cinq minutes. Vient ensuite la classe d'anglais. Aujourd'hui, les jeunes Canadiens se placent en avant de la classe et répondent à des questions : « Aimez-vous la musique? », « Jouez-vous au basket-ball? », et cetera. L'anglais de la plupart des élèves n'est pas aussi bon que celui de Fumiko. Nous devons parler très lentement.

Il y a une pause de dix minutes
entre les cours pour permettre aux
enseignants de se rendre d'une classe
à l'autre. Les élèves restent dans la
même classe pour le cours de mathéma-
tiques. Je ne comprends pas ce que dit
l'enseignant, mais je peux lire les chif-
fres au tableau. Je peux donc suivre plus
ou moins. Il y a encore deux cours avant
la pause du midi. Je ne comprends rien
et je m'ennuie profondément.

Nous restons dans la salle de classe
pour le dîner. Fumiko et ses amies
rapprochent leurs pupitres pour que nous
puissions parler. Je défais le tissu bleu
de ma boîte-repas comme si je dévelop-
pais un cadeau. La boîte est divisée en
compartiments. Le plus grand contient
du riz. Sur le riz il y a quelque chose
de rose; Fumiko dit que c'est une prune
salée marinée. Il y a aussi un morceau
de poisson, des fèves vertes — tout ça
est froid — et une tranche de pomme.

La pomme est coupée de façon à ce que la pelure ressemble à des oreilles de lapin pointues. Très *kawaii*. À part la pomme, ça ressemble au repas que j'ai l'habitude de manger chaud, mais c'est plutôt bon.

Après le dîner, Fumiko et ses amies se préparent pour la classe sui-vante. Je me lève pour retrouver le reste de mon groupe. C'est l'heure de notre visite de la ville.

Chapitre cinq

Melissa et Zach sont les premiers sortis de l'école. Elle s'accroche au bras de Zach comme une sangsue, riant de son rire qui sonne faux. Un bus nous attend de l'autre côté de la grille. Je monte et me dirige vers la première place libre.

— Excuse-moi, ce siège est réservé, dit la fille assise près de la fenêtre.

— Comme tu veux.

Je regarde le siège comme si je ne voulais pas m'en approcher de toute façon.

Je continue jusqu'à ce que je voie deux sièges libres côte à côte. Je m'assois sur le premier et pose mon sac à dos sur l'autre. Puis je me tourne pour regarder par la fenêtre.

J'entends un bruit lourd et sourd. Quelqu'un frappe l'arrière de mon siège.

— Comment ça va, la Rouge? demande une voix agaçante.

Je m'enfonce dans mon siège, ignorant DJ. Merde! on se croirait revenus dans l'avion.

— Votre attention, s'il vous plaît.

La voix de Mme Delucci est à peine audible dans le chahut.

— Silence, s'il vous plaît! dit-elle encore.

Mais personne n'écoute.

Derrière moi, DJ parle de certains distributeurs automatiques qu'il a découverts.

— N'importe qui peut acheter un paquet de cigarettes ou une canette de bière! dit-il, impressionné.

Je roule des yeux. S'il y en a qui pensent que DJ va apprendre quelque chose au cours de ce voyage, ils le connaissent mal.

Tout d'un coup un sifflement aigu résonne. Le silence se fait et tous regardent en avant. Je vois que M. Crawford est derrière Mme Delucci. Et derrière lui, M. Akimoto, qui est soit embarrassé, soit très intéressé par une poussière sur le plancher. Je me demande s'il trouve que notre comportement laisse à désirer.

— Bon, maintenant que j'ai votre attention… dit M. Crawford en faisant signe à Mme Delucci de continuer.

— Vous devez tous vous rappeler que vous êtes les ambassadeurs du Canada pendant que vous êtes ici, dit-elle. Ce qui veut dire que votre conduite doit être exemplaire.

Elle s'interrompt et nous regarde d'un air sévère. J'ai l'impression qu'elle me regarde droit dans les yeux. Puis je me rends compte que c'est DJ qu'elle regarde.

— Maintenant, continue-t-elle, l'école Suzuka et M. Akimoto ont généreusement organisé notre visite de la ville. M. Akimoto s'est offert pour nous guider.

Elle balaie l'air de son bras comme si elle accueillait un artiste sur la scène. M. Akimoto s'avance, un microphone sans fil à la main.

Une musique se fait soudainement entendre dans le bus. On dirait que M. Akimoto va se mettre à chanter.

Je remarque plusieurs écrans de télévision fixés au plafond. Chaque écran, encore noir il y a un instant, diffuse maintenant ce qui ressemble à une vidéo de musique japonaise. Des caractères japonais apparaissent au bas des écrans.

— Karaoké! crie une voix.

M. Akimoto joue avec les commandes. La musique se tait et les écrans s'éteignent.

— Je suis vraiment désolé, s'excuse-t-il en inclinant la tête.

Il s'assoit abruptement lorsque le bus se met en marche.

— Comme vous pouvez le voir, dit-il, ce bus est équipé pour le karaoké. Vous voudrez peut-être l'essayer plus tard.

Plusieurs élèves applaudissent. M. Akimoto sourit patiemment. Mme Delucci et M. Crawford nous jettent un regard mauvais.

— Mais d'abord, il me fait grand plaisir de vous montrer la ville de Suzuka, continue M. Akimoto. Nous nous arrêterons d'abord au Musée des arts traditionnels, dont la spécialité est le *katagami*. C'est le fameux art japonais du pochoir utilisé pour décorer les vêtements des samouraïs, nous dit M. Akimoto.

On entend quelques murmures à la suite du mot *samouraïs*. M. Akimoto croit avoir éveillé l'intérêt général. Il poursuit avec enthousiasme.

— Il y avait beaucoup d'ateliers de *katagami* dans ce quartier jadis. Les voyageurs qui se rendaient au célèbre sanctuaire d'Ise s'arrêtaient ici pour acheter des étoffes.

Derrière moi, DJ et son ami ricanent.

M. Akimoto continue son monologue. Il nous indique l'usine Honda et le nouveau centre commercial de type américain.

J'essaie d'ignorer DJ, qui imite M. Akimoto.

— Et là vous voyez la fameuse cheminée japonaise, dit DJ tandis que nous passons devant l'usine Honda.

Et maintenant vous voyez le célèbre panneau routier japonais...

J'ai envie de lui dire de se la fermer. Mais je dois réprimer un rire lorsqu'il indique « le fameux panneau "Ramassez les excréments de votre chien" » où l'on voit un joli dessin de chien qui se passe de mots.

Les enseignes de certains magasins arborent des illustrations de style manga — du type aux grands yeux surtout. Je souris en moi-même. L'effet manga se fait sentir partout.

Lorsqu'enfin nous arrivons au musée, je suis contente de m'éloigner de DJ et de M. Akimoto. La visite du musée est intéressante, mais DJ et les autres voltigent d'une chose à l'autre comme des papillons. Tandis que M. Akimoto traduit les explications du guide sur la fabrication des pochoirs, je me rends compte que je suis la seule qui soit restée dans le musée. Tous les autres sont partis soit à la boutique de cadeaux, soit dehors.

— Comment est-ce que tout ça se tient ensemble? demande un visiteur.

Je me retourne, surprise de voir Zach. Il est penché au-dessus d'un grand pochoir où sont découpés de très petits motifs. Le guide explique comment on ajoute un fin treillis au dos du pochoir pour le tenir. La teinture passe à travers les trous du pochoir et à travers le treillis.

— Tout le processus, conclut M. Akimoto, de la préparation du papier jusqu'au découpage, peut prendre de deux à trois mois.

Et ça c'est pour un seul pochoir. Il est probable qu'on ait utilisé plusieurs pochoirs pour décorer un morceau de tissu. Ce n'est pas le genre d'art pour lequel j'aurais assez de patience.

Nous rejoignons les autres à la boutique de cadeaux. Melissa attrape le bras de Zach et me lance un regard corrosif. Je fais semblant de ne rien voir.

Après le musée, le bus nous amène voir un temple bouddhiste et un sanctuaire shinto. Les deux sont plusieurs fois centenaires. Tout est intéressant, mais je commence à être fatiguée des vieilles choses. Le Japon est pourtant célèbre pour plein de trucs modernes : Nintendo, électronique de pointe, mode vestimentaire de Tokyo, *anime*, manga…

Lorsque nous remontons dans le bus, j'entends les autres se plaindre que la visite est ennuyante. M. Akimoto les a peut-être entendus, puisque nous longeons bientôt une piste de course.

— Le fameux Circuit Suzuka, annonce M. Akimoto.

Il me semble que le bus penche de ce côté-là lorsque tous regardent dans la même direction. Mais notre excitation est de courte durée.

— Nous n'avons pas le temps de nous y arrêter aujourd'hui, dit M. Crawford.

Il balaie les grognements d'un geste de la main.

— M. Jung, veuillez vous asseoir, dit-il à DJ, qui s'est levé pour protester.

— Qu'est-ce qu'on fait d'autre, alors? demande DJ d'une voix plaignarde. Quand allons-nous manger?

— Ouais, j'ai faim, disent quelques autres.

M. Crawford lève les mains.

— N'avez-vous rien compris lorsqu'on vous a demandé de vous comporter de façon exemplaire? dit-il en nous lançant un regard furieux. Assoyez-vous et tenez-vous tranquilles. Personne ne va mourir de faim. Nous mangerons au prochain arrêt.

Chapitre six

Au restaurant, M. Akimoto nous dit qu'un buffet s'appelle un *Viking* au Japon. Peut-être les Japonais pensent-ils que les Vikings mangent de cette façon. Peu importe, tout a l'air appétissant. Il y a un grand comptoir couvert de nourriture. Les assiettes et les bols sont plus petits que ceux des restaurants de chez nous. J'empile sur une assiette divers types de nouilles, de sushis, de tempuras et de mets mystérieux.

Melissa et Zach sont à un bout de ma table. Je vois que Zach essaie à peu près tout, tandis que Melissa n'a presque rien pris.

Je m'assois et me prépare à me régaler. La serveuse nous a donné des fourchettes en plus des baguettes. Je choisis les baguettes et commence par les sushis.

Un homme assis à la table voisine prend son bol dans sa main et utilise ses baguettes pour manger de longues nouilles. Les nouilles s'étirent entre sa bouche et le bol. J'entends un *slurp* lorsqu'il aspire ses nouilles. Ça me semble une façon amusante de manger, alors je l'essaie.

— Ouache!

Je lève les yeux et aperçois Melissa qui me regarde avec dégoût. Depuis combien de temps me regarde-t-elle?

Je la fixe dans les yeux et aspire bruyamment d'autres nouilles. Elle se détourne,
vexée. Zach rit. Nos regards se croisent.
Il montre Melissa d'un geste de la tête et
roule ses yeux.

C'est bizarre.

Lorsque nous avons fini de manger,
nous sortons du restaurant pour attendre
nos parents hôtes. La Stepwagon arrive
avec Mme Seto au volant. Je suis déçue
de voir que Fumiko n'est pas avec elle.
Mme Seto essaie de me dire quelque
chose au sujet de Fumiko et Kenji.
Comme elle parle peu anglais et moi pas
du tout japonais, nous sommes presque
rendues à la maison lorsque je comprends
qu'ils sont à un endroit appelé *juku*, qui
a quelque chose à voir avec l'école.

Lorsque nous arrivons à la maison,
il commence à faire noir. M. Seto est
agenouillé sur les marches et taille les
branches d'un arbre miniature en pot.
Plusieurs petits arbres en pots sont

disposés d'un côté de l'escalier. M. Seto se lève pour nous accueillir. Nous nous arrêtons pour admirer les arbres.

— Bonsaï, dit M. Seto.

J'incline la tête. Je reconnais le mot.

M. Seto ouvre la porte et m'indique de la main que je dois entrer la première. Un son attire mon attention et j'hésite un instant.

Coââ-coââ.

C'est le même son que j'ai entendu le soir où je suis arrivée. Ça vient de la rizière inondée de l'autre côté de la rue.

— *Kaeru*, dit M. Seto, voyant mon air intrigué.

— Grenouilles?

Il incline la tête et sourit.

— *Kaeru.* Grenouilles.

Je lui souris à mon tour. Ce n'est pas grand-chose, mais c'est une avancée remarquable dans la communication.

— Je veux voir, dis-je, indiquant de la main l'autre côté de la rue.

Le sourire de M. Seto disparaît et il dit quelques mots rapides en japonais.

J'indique de nouveau la rizière et fais quelques pas dans cette direction.

M. Seto pose son sécateur et me suit.

— Je vais juste de l'autre côté de la rue.

Mon explication ne suffit pas. Me voilà escortée.

Nous marchons en silence jusqu'au bord du champ. Il fait presque noir maintenant, mais il y a encore une teinte rosée dans le ciel. Les grenouilles ont interrompu leur coassement. Nous restons immobiles, attentifs au retour du bruit rythmé. J'examine le bord de l'eau et les rangées de plantes vertes, mais aucun signe des grenouilles.

— C'est bon, nous pouvons rentrer, dis-je en soupirant.

J'imagine que M. Seto a compris.

— Je suppose qu'il n'est pas question que je me promène seule, dis-je en marmonnant à voix basse tandis que nous retournons à la maison.

J'espère que Fumiko arrivera bientôt. Je ne suis pas à l'aise chez les Seto lorsqu'elle n'est pas là. Je ne peux pas converser avec ses parents, mais ils ne veulent pas me laisser seule. J'essaie de regarder la télé avec eux mais je ne comprends rien. Je ressens un besoin irrésistible de parler à quelqu'un dans ma langue. Je me demande ce que fait ma famille en ce moment. C'est le milieu de la nuit là-bas. Ils dorment encore, c'est sûr. Je devrais peut-être envoyer un courriel pour leur laisser savoir que je suis toujours vivante.

Les Seto comprennent lorsque je dis que je veux utiliser l'ordinateur. M. Seto m'installe à l'ordi de Fumiko et change les caractères du japonais à l'anglais. J'ai peur qu'il veuille rester dans la pièce avec moi, mais il sort après que je lui ai dit merci.

Je tape un petit courriel : *Les Seto sont gentils, la nourriture est bonne, etc.* L'essentiel des choses insignifiantes que les parents veulent savoir. Je l'envoie juste au moment où Fumiko et Kenji arrivent à la maison.

— Bonsoir, dit Fumiko. Tu as passé une bonne journée?

— Ouais, pas mal bonne. Tu étais à un cours particulier?

— Un cours particulier? Ah, tu veux dire *juku*, la préparation d'examens. J'ai plusieurs matières à étudier et je reçois de l'aide. Kenji aussi. Avez-vous la préparation d'examens au Canada?

— Pas exactement. L'année dernière, j'ai eu des cours particuliers de chimie. Quelqu'un m'aidait à étudier.

— Tu n'as pas d'aide en ce moment? demande-t-elle.

— Non, je n'en ai plus vraiment besoin, dis-je.

— C'est donc que tu as été une bonne

élève, dit Fumiko d'un ton admiratif.

— Je ne suis pas très bonne, dis-je, mais je réussis assez bien.

— Je vois, dit-elle en fronçant les sourcils. Au Japon, tous ceux qui veulent entrer à l'université vont au *juku*. J'ai peur de ne pas être admise dans une bonne université si je n'étudie pas suffisamment pour réussir les examens. Toi, veux-tu aller à l'université?

— Je suppose que oui. Je n'y ai pas encore beaucoup réfléchi. J'aimerais étudier l'art, mais je ferai peut-être de l'infographie ou quelque chose comme ça.

— Moi, je veux être traductrice, dit-elle. Je veux traduire des livres anglais en japonais ou travailler pour une compagnie qui a des clients anglophones.

Elle me regarde intensément, puis regarde ailleurs.

— Mais je ne sais pas si mon anglais sera assez bon, ajoute-t-elle.

— Ton anglais me semble excellent,
lui dis-je.

Je m'étonne de la voir aussi inquiète.
Je la prenais pour une fille dont la préoc-
cupation la plus sérieuse consistait
à décider quelle barrette Hello Kitty
choisir pour ses cheveux.

Avant d'aller au lit, je prends un autre
bain chaud. J'en prendrais facilement
l'habitude. Plus tard, dans ma chambre,
j'ouvre mon cahier de croquis. Le
personnage manga sur lequel je travaille
est debout, les jambes écartées et les
bras croisés sur sa poitrine, comme si
elle voulait exclure le monde. Mais en
même temps, elle met le monde au défi
de venir à elle. Je prends mon crayon
et commence à dessiner. Il lui faut un
talisman tel une épée magique ou une
pierre précieuse…

Je commence à esquisser une épée
pendue à sa taille, mais ça ne va pas. Puis
j'essaie un poignard. Peut-être quelque

chose de plus futuriste — comme un laser...

Je ne peux pas créer seulement un personnage. Je dois concevoir l'univers dans lequel elle vit. J'essaie d'imaginer l'endroit où elle se trouve, qui sont ses ennemis. Mais je n'arrive pas à me concentrer.

Je jette le carnet sur mon lit en soupirant. Ce soir, est-ce que Zach Bellows m'a regardée comme s'il était de connivence avec moi pour se moquer de Melissa? Non, ça ne se peut pas... Je regarde par la fenêtre. De l'autre côté de la rue, la rizière est dans l'obscurité. J'entends le coassement des grenouilles.

Jusqu'à maintenant, le Japon n'est pas comme je l'avais imaginé. J'ai l'impression d'en avoir vu beaucoup mais de n'avoir effleuré que la surface. Il y a encore tout un monde caché à découvrir.

Chapitre sept

Le lendemain matin, je demande à Fumiko si je peux emprunter quelques-uns de ses mangas.

— Bien sûr, dit-elle. Mais ne préfères-tu pas emprunter ceux de Kenji?

— Non, ça va, dis-je rapidement. Je devrais essayer *Doraemon*.

Nous descendons déjeuner. Je tiens *Doraemon* et un autre manga sous mon bras.

— *Ohayo gozaimasu*, dis-je à Mme Seto.

Kenji est en train de manger quelque chose qui ressemble à une soupe au miso. Il utilise ses baguettes.

— Bonjour, dis-je en m'assoyant.

Je pose mes livres sur la table. Fumiko s'assoit à côté de moi.

Kenji lève les yeux, grommelle quelque chose et continue à manger. Il porte un T-shirt bleu sous son uniforme. Je me demande si le règlement de l'école le permet.

Devant moi sur la table il y a un bol de soupe, un bol de riz et un petit plat contenant du poisson et quelque chose d'autre. Je cherche une cuiller, mais il n'y a que des baguettes. Du coin de l'œil j'aperçois Kenji qui soulève son bol de soupe et le porte à sa bouche. Je fais de même.

— Est-ce un déjeuner japonais typique?

— Oui, dit Fumiko. Ce qui accompagne le poisson est du *natto*, des fèves de soya fermentées.

Je reconnais la prune rose. Je l'attrape avec mes baguettes et l'avale. Surette mais bonne.

Kenji me lance un regard furtif dissimulé sous sa frange. Puis il regarde les mangas à côté de moi, mais je ne peux pas lire l'expression de son visage.

Nous avons moins de temps ce matin pour nous préparer puisque nous devons marcher jusqu'à la gare. Mme Seto me donne ma boîte-repas.

— *Arigato gosaimasu*, lui dis-je.

Les mots japonais commencent à me venir plus naturellement.

Nous sortons de la maison avec Kenji, mais aussitôt que nous avons passé la porte, un de ses amis l'interpelle. Ce garçon est mince et il a les cheveux assez longs. Il pousse sa frange pour mieux me regarder.

— Bonjour, prononce-t-il avec soin. Je m'appelle Takeshi. Comment t'appelles-tu?

Il sourit, content de lui-même.

Son sourire est contagieux. Je ne peux pas m'empêcher de sourire à mon tour.

— Bonjour, je m'appelle Dana.

Il rit et regarde Kenji comme si c'était drôle que j'aie répondu. Comme si j'étais un animal savant. Je suis agacée.

— Hé, je suis encore là. Et oui, je peux parler.

Il me regarde, surpris. Fumiko rit, la main sur la bouche. Kenji se renfrogne, mais je l'ignore. Takeshi me sourit de nouveau et je lui rends son sourire. Il a l'air du type de gars après qui on ne peut pas rester fâché longtemps.

— Hé, tu portes un T-shirt bleu toi aussi, dis-je. N'est-ce pas contre le règlement de l'école?

Il continue de sourire, mais il est évident qu'il n'a rien compris de ce que j'ai dit. Il se tourne vers Kenji, qui se détourne. Fumiko traduit.

Le sourire de Takeshi s'élargit. Il s'arrête de marcher et commence à déboutonner sa chemise. Kenji a l'air gêné.

— Équipe de soccer du Japon! dit Takeshi.

Il ouvre sa chemise pour me montrer un maillot de soccer bleu avec un écusson noir et blanc. L'écusson représente une corneille à trois pattes. La patte du milieu lance un coup de pied à un ballon de soccer.

— Cool, dis-je.

— Cool, répète Takeshi. *Sugoi*.

— *Sugoi* veut dire cool?

Takeshi fait signe que oui et sourit de toutes ses dents.

— Pourquoi la corneille à trois pattes?

Cette fois-ci, Takeshi se tourne immédiatement vers Fumiko. Elle traduit ma question. Les deux garçons confèrent pendant une minute. Puis Takeshi se tourne vers moi et lève les épaules. Kenji regarde ailleurs.

— Je ne sais pas moi non plus, dit Fumiko, embarrassée.

— Ce n'est pas un problème, dis-je, et je change de sujet. Alors les gars ont le droit de porter un T-shirt sous leur uniforme?

— À la condition de boutonner leur chemise jusqu'au cou, dit Fumiko.

Kenji nous a devancés et Takeshi court pour le rejoindre. Kenji et Takeshi continuent de marcher ensemble, nous tournant le dos. Takeshi se retourne et nous sourit. Si j'ai cru que la froideur de

Kenji était typique des garçons japonais,
Takeshi m'a détrompée. Je me rapproche
de Fumiko.

— Pourquoi Kenji ne m'aime-t-il pas?

Fumiko s'arrête et me regarde avec
surprise. Puis elle regarde à terre,
embarrassée.

— Kenji t'aime bien, dit-elle, mais
sans me regarder.

— Il ne me parle pas, dis-je.

— Il pense que son anglais n'est pas
très bon. Il ne veut pas que tu le saches,
chuchote-t-elle.

Cette fois-ci elle me regarde.

— Tu n'es pas sérieuse?

— Oui. C'est vrai. Il trouve humi-
liant d'admettre que son anglais laisse
à désirer.

Je veux en savoir plus mais les
garçons se sont arrêtés pour nous
attendre.

Comme nous les rejoignons, Takeshi
me fait un sourire moqueur.

— Les filles parlent tellement qu'elles en oublient de marcher, dit-il, l'air fier de sa blague.

— C'est juste pour vous donner l'occasion de vous arrêter pour nous admirer, dis-je en faisant une imitation moqueuse d'un sourire enjôleur à la Melissa.

Il rit. Il ne comprend peut-être pas ce que je dis, mais il sait au moins que je le taquine. Kenji s'est détourné et s'est remis à marcher. Je ne peux donc pas savoir s'il a eu ne serait-ce que l'ombre d'un sourire. Si c'est vrai que je lui suis sympathique, il excelle à garder le secret. L'anglais de Takeshi n'est pas très bon, mais ça ne l'empêche pas d'être gentil.

Nous nous engouffrons dans la gare et faisons la queue devant les distributeurs de tickets. Fumiko achète nos tickets et nous passons dans le tourniquet. Nous n'attendons pas les garçons.

Jacqueline Pearce

Les plateformes sont pleines de jeunes en uniformes scolaires et d'adultes habillés pour le travail. Je ne vois pas d'autres jeunes de mon groupe. Je suis la seule personne à cheveux rouges dans toute cette foule. Plusieurs personnes me lancent des coups d'œil furtifs.

Dans le wagon, nous finissons par trouver des places libres. Il y a des gens qui doivent rester debout. Takeshi et Kenji se faufilent et viennent se placer debout devant nous. Une fois le train en marche, quelques élèves hardis demandent à Fumiko et aux garçons qui je suis. Bientôt, tous les jeunes migrent vers notre section du wagon. Je suis la célébrité du jour — bien que Fumiko soit celle qui répond à toutes les questions.

À la descente du train, nous nous dirigeons vers l'école, comme la plupart des occupants de notre wagon. Je marche avec Fumiko et les autres filles. Kenji et Takeshi se joignent aux autres garçons.

Les filles forment des groupes serrés et rient beaucoup. Une fille plus grande que les autres vient se placer à côté de moi et les autres nous comparent. Je la dépasse de quelques pouces et toutes les filles s'exclament devant ma haute taille.

Ça me fait drôle que toutes ces filles papillonnent autour de moi. Je me demande si c'est ce qu'on ressent lorsqu'on fait partie de la bande à Melly et que les autres s'intéressent à vous plutôt que de prétendre que vous n'existez pas.

Chapitre huit

À l'approche de l'école, je me mets à espérer que Melissa et les autres me voient. Moi, populaire. Mais je me rattrape. Quelle idée ridicule! Peu importe ce que pensent Melissa et ses soi-disant amies. Moi, je n'ai pas besoin d'être entourée d'une bande de groupies pour me sentir bien.

Un bus est stationné devant l'école. M. Crawford et Mme Delucci nous y attendent.

Mme Delucci me fait signe de venir. Je dis au revoir à Fumiko et aux autres.

— Nous partons plus tôt aujourd'hui, me dit Mme Delucci. J'aimerais que tu m'aides à rassembler les autres.

Je la regarde d'un air absent. Moi, *rassembler* les autres? Je ne pense pas. Mme Delucci interprète correctement mon regard et pousse un soupir.

— Bon. Nous devrons attendre que les enseignants de la classe-foyer l'aient annoncé, dit-elle.

— Nous pourrions toujours partir sans eux, dis-je avec une pointe d'espoir feint.

— Bien sûr, dit-elle d'un ton sarcastique.

Puis nous apercevons DJ et quelques autres garçons.

— J'avoue cependant que c'est assez tentant, ajoute-t-elle.

Lorsque notre groupe est réuni près du bus, M. Crawford lève les mains pour attirer notre attention. Avant qu'il n'ait pu prononcer un mot, DJ demande :

— Allons-nous à la piste de course aujourd'hui?

— Non, Derek, nous n'allons pas à la piste de course, répond M. Crawford dont la patience semble mise à l'épreuve. Vous pouvez y aller en dehors des heures de cours. Aujourd'hui, nous allons voir un site historique.

Quelques grognements se font entendre.

— Quelle sorte de lieu historique? demande Zach.

— Nous allons visiter une ancienne ville appelée Seki-cho. Autrefois, le Japon était dirigé par un shogun, le chef des nobles samouraïs. Il vivait à Edo, qui est maintenant Tokyo. L'empereur n'était alors qu'un chef héréditaire gardien des traditions. Il vivait à Kyoto. Tous les nobles devaient avoir une résidence à Edo aussi bien que sur leur territoire. Ils devaient passer un an sur deux à Edo, où ils vivaient sous la domination du shogun.

M. Crawford est en mode enseignant-de-sciences-humaines.

— Ce qui fait qu'il y avait toujours beaucoup de circulation entre Edo et les autres villes. La route principale entre Tokyo et Edo s'appelait le chemin Tokaido. Il y avait des haltes ou étapes où les voyageurs se reposaient le long du chemin. Seki-cho était une de ces étapes. La ville n'a pas beaucoup changé en deux cents ans.

— Absolument merveilleux, marmonne Melissa. Je suppose qu'il n'y a ni Starbucks ni McDonald's.

— Nous avons une autre surprise, continue M. Crawford. M. Akimoto ne peut pas venir avec nous aujourd'hui : il est occupé à préparer une sortie spéciale pour demain.

— Où? Où allons-nous? interrompent plusieurs voix intéressées.

— Je ne vous le dirai pas tant que nous ne serons pas certains, dit M. Crawford. J'ai un téléphone cellulaire et M. Akimoto m'appellera dès que les plans seront confirmés.

Il lève la main pour interrompre le murmure des conversations.

— Et puisque M. Akimoto ne peut pas nous accompagner, l'école a décidé de nous envoyer ses deux meilleures élèves d'anglais. Certains d'entre vous les connaissent : ce sont Fumiko Seto et Aki Nishikawa.

Je suis une des premières à monter dans le bus cette fois-ci. Je trouve une place à l'avant où Fumiko me verra. Après une quinzaine de minutes,

Fumiko et Aki arrivent. Elles montent
et Mme Delucci les présente.

Fumiko a l'air contente mais le
sourire qu'elle nous adresse est timide.
Elle voit le siège libre à côté du mien et
me regarde avec reconnaissance lorsque
je lui fais signe de s'asseoir. Ça me fait
tout drôle de garder une place pour
quelqu'un.

— Tu vois, dis-je tout bas à Fumiko,
même ton école trouve que tu es une
bonne traductrice.

Fumiko secoue la tête et cache son
sourire derrière sa main, mais je vois
bien qu'elle est flattée.

Nous mettons une demi-heure pour
nous rendre à Seki-cho. Le bus nous
dépose devant un temple.

M. Crawford nous indique des édifices
de bois dans une rue étroite. Plusieurs
ont des avant-toits recourbés et des lattes
aux fenêtres des étages supérieurs.

— Comme je vous le disais plus tôt, dit-il, cette ville n'a pas beaucoup changé en plus de deux cents ans. J'aimerais que vous imaginiez à quoi elle ressemblait lorsque cette rue était grouillante de samouraïs et de dames en kimonos…

Pendant la seconde où tous font travailler leur imagination, on n'entend rien. Puis la voix de Melissa brise le silence.

— Regardez, voilà un café. C'est écrit en anglais sur l'enseigne.

Tout le monde se retourne.

— Je meurs d'envie de boire un café, annonce-t-elle, comme si ça nous intéressait. Dites-moi qu'ils ont du café normal, s'il vous plaît.

Elle cherche quelqu'un du regard, mais ce n'est pas Zach.

— Où est cette fille…? Fumiko, il faut que tu m'aides, plaide-t-elle lorsqu'elle aperçoit Fumiko à côté de moi.

M. Crawford lève la main une fois de plus.

— Vous pouvez certainement prendre un café si vous voulez et explorer la rue par vous-mêmes. Mais avant que vous ne partiez, faisons quelques mises au point.

Nous avons droit à la version abrégée du discours *vous-êtes-des-ambassadeurs*. Puis il nous donne rendez-vous derrière le temple dans deux heures.

Melissa joue du coude dans le groupe et attrape le bras de Fumiko.

— Viens, Fumiko, dit-elle en m'ignorant.

Fumiko s'excuse auprès de moi avant de laisser Melissa l'entraîner.

— Je vais vous aider à commander du café, dit-elle de façon à être entendue de tous. Puis nous allons parcourir la rue et regarder les points d'intérêt.

Je regarde Fumiko disparaître dans le café avec Melissa et les autres.

Voilà. J'ai perdu Fumiko. Est-ce que je m'imaginais que j'allais passer la journée avec elle? Est-ce que j'en avais envie? Peu importe. Je ne vais pas rester ici pour qu'elle soit témoin de l'insolence de Melissa à mon égard. J'ai une douleur sourde à la poitrine, mais je fais comme si de rien n'était. J'aime mieux être seule de toute façon.

Maya et quelques autres marchent au milieu de la rue juste devant moi. Je m'arrête et fais semblant de m'intéresser à une vitrine. Je remarque un chat jaune en céramique, la patte levée comme s'il invitait les gens à entrer. J'hésite un instant, inspire profondément et pousse la porte.

Le magasin est petit et rempli de bibe-lots. Une vieille dame portant un tablier rose délavé sur des vêtements modernes se tient derrière le comptoir. Elle sourit et dit quelque chose en japonais. Je lui rends son sourire.

— Je regarde seulement, dis-je en anglais.

Je vois sur une étagère une rangée de chats jaunes, des versions plus petites de celui qui est en vitrine. J'en ramasse un et l'examine. Un collier rouge avec une clochette dorée est peint autour de son cou. Sous la figurine, je vois le prix : cinq cents. Cinq cents yens : l'équivalent d'environ cinq dollars.

— *Maneki-neko*, dit la femme, passant devant le comptoir pour s'approcher de moi. Chat bonheur, ajoute-t-elle dans son meilleur anglais.

J'incline la tête et souris. J'ai vu des chats comme celui-ci dans les restaurants japonais à Vancouver. Celui-ci à l'air fait à la main. Ma mère aimerait peut-être l'avoir dans son bureau.

— Je vais prendre celui-ci, dis-je en posant le chat sur le comptoir.

La femme enveloppe le chat dans du papier de soie avant de le placer dans un sac en plastique. Elle dit quelque chose en japonais et pousse un plateau vers moi sur le comptoir. Je place un billet de mille yens sur le plateau. La femme m'adresse un large sourire et dépose ma monnaie dans le plateau. Je souris à mon tour. C'est comme une conversation faite de sourires.

— *Arigato gozaimashita*, dit la femme.

— *Arigato*, dis-je.

De retour dans la rue, je suis de meilleure humeur. C'était la première fois que j'entrais seule dans un magasin japonais. Ça s'est assez bien passé. Je dois m'éloigner plus souvent du groupe au cours de ce voyage.

Je passe le reste de l'avant-midi à entrer et sortir des magasins afin d'éviter Melissa. Ce qui veut dire que j'évite aussi Fumiko. Mais je suis certaine que Melissa et le reste du groupe la tiennent occupée. À un certain moment, je les vois qui parlent et rient. Avant qu'elles n'aient pu me remarquer, je me faufile par une porte d'entrée et me retrouve dans une sorte de musée.

Une femme m'accueille en japonais. Comme je ne comprends pas, elle me tend une brochure en anglais. Cet édifice était jadis une auberge. Je paie le droit d'entrée et emprunte un passage de terre battue. La brochure explique à quoi servaient les pièces. Ce passage était la cuisine. À l'entrée principale, les clients de l'auberge étaient accueillis dans une pièce au plancher de bois surélevé.

À l'étage supérieur, je découvre une chambre à coucher avec des futons traditionnels sur le plancher et des repose-tête en bois avec de petits oreillers plats. Je ne peux pas m'imaginer comment quiconque pourrait dormir sur ça. Il y a trois chambres à coucher. Chacune a un plancher plus haut que celui de la précédente. Apparemment, plus les clients étaient importants, plus haut était le plancher. Les fenêtres de l'auberge qui donnent sur la rue ont des lattes à angle. La brochure explique que les lattes permettaient aux gens de voir la rue sans être vus. Les gens ordinaires ne devaient pas regarder directement ceux de la classe supérieure. Mais comme tout le monde savait à quoi servaient les lattes, il me semble que les gens dans la rue devaient se sentir observés, non?

Quand même, j'aime bien l'idée de pouvoir espionner les gens qui sont en bas. Je m'approche et jette un regard à travers les lattes.

Je me rends compte que c'est déjà l'heure de notre rendez-vous au temple. Je ne pourrai plus éviter les autres. Une fois dans la rue, je mets mon masque « *Ça me laisse complètement indifférente* ».

Chapitre neuf

Arrivée au temple, je salue Mme Delluci
et M. Crawford. Quelques élèves sont déjà
assis dans l'escalier et mangent leur dîner.
DJ et un autre gars jouent avec une balle
aki au milieu de la cour. Je les contourne,
ignorant la raillerie que me lance DJ.

Soudainement, quelque chose atterrit
lourdement sur le côté de ma tête. Je me
retourne.

— Désolée, la Rouge! crie DJ.

La balle est à terre à côté de mon pied.

— Ben oui, dis-je en marmonnant tout bas.

— Peux-tu nous renvoyer la balle? demande-t-il.

Il a du culot, celui-là.

Il rêve en couleurs. Je le regarde avec dégoût et me retourne.

Il y a une petite barrière au fond de la cour. Je la franchis et suis le sentier qui mène à un jardin. Au milieu du jardin, il y a un étang entouré d'un étroit sentier. Je découvre un banc derrière un arbre, m'assois et sors mon dîner. De l'autre côté de l'étang, des arbres et des arbustes dévalent la pente en cascade. Après avoir mangé, je pourrais sortir mon carnet de croquis et dessiner ce paysage au lieu de mon personnage manga.

Comme je déballe mon dîner, je remarque une grenouille en céramique avec un bébé grenouille sur le dos. Est-ce à ça que ressemblent les grenouilles de la rizière? Est-ce pure décoration ou y a-t-il un sens caché? Tant de choses au Japon sont encore des mystères pour moi. Je ne sais pas comment je pourrais m'intégrer ici.

Après dîner, je dois retourner au bus qui nous attend près du temple. C'est à contrecœur que je me place derrière le groupe.

— Dana!

Je vois Fumiko qui se fraie un chemin dans la foule. Derrière elle, Melissa n'a pas l'air contente.

— Comment vas-tu? demande Fumiko. J'étais inquiète de ne pas te trouver.

— Ouais, je vais très bien, dis-je d'un ton peu plus sec que je ne le voudrais.

Qu'est-ce qu'ils ont tous dans cette famille? Pourquoi ne me laissent-ils pas aller seule quelque part?

— Pourquoi ne m'as-tu pas attendue? demande-t-elle.

— Tu étais occupée à traduire, dis-je.

On dirait une accusation.

Fumiko me regarde fixement pendant un instant. Elle a l'air confuse et peut-être blessée. Puis elle regarde à terre.

— Tes amis ont posé beaucoup de questions, dit-elle.

— Ce ne sont pas mes amis, dis-je.

Fumiko et moi montons dans le bus en silence. Lorsque le bus est plein, M. Crawford réclame notre attention.

— J'ai eu des nouvelles de M. Akimoto, dit-il. Notre voyage spécial est arrangé.

— Alors, vous nous en dites plus? dit une voix.

Il a sans doute découvert un autre musée ou une autre vieille ville.

M. Crawford sourit.

— Demain, dit-il, nous prenons le train à grande vitesse pour Tokyo.

Des acclamations éclatent de toute part.

— Combien de temps pourrons-nous rester?

— Les élèves hôtes peuvent-ils venir?

Nous partons pour trois jours, trajet inclus. Seulement le groupe du Canada et M. Akimoto. Les images se bousculent dans ma tête. Tokyo. Gratte-ciels. Grosses foules. Studios manga. Magasins modernes. Lumières. Enseignes. Tout.

Fumiko se penche vers moi, interrompant le flot de mes pensées.

— Ai-je fait quelque chose de mal? demande-t-elle.

— Quoi?

Je suis surprise.

— Ai-je fait quelque chose qui t'a fâchée?

— Bien sûr que non, dis-je sèchement.

Puis je me reprends. C'est à Fumiko que je parle, pas à Melissa ou aux autres.

— Écoute, dis-je d'une voix plus douce. Je ne suis pas fâchée contre toi. Tu n'as rien fait de mal. C'est juste que…

Comment puis-je expliquer?

— Je pense que je comprends, dit-elle doucement. Tu dis que les autres ne sont pas tes amis… Je pense que tu es comme Kenji.

— Que veux-tu dire?

— Lorsqu'il craint d'être embarrassé, il est comme une noix — avec une coquille dure.

— Je ne suis pas embarrassée, dis-je.

— Peut-être pas, dit-elle. C'est peut-être autre chose.

Elle me regarde de côté comme si elle voulait vérifier l'impact de ses paroles.

Je m'efforce de ravaler la réponse qui me vient spontanément. Je suis furieuse d'avoir été comparée à Kenji.

Chez les Seto ce soir-là, je prépare mes bagages pour Tokyo. Je parcours rapidement le manga *Doraemon* de Fumiko. Je me demande si je devrais l'apporter. Il contient surtout des dessins du garçon, Nobita, et de Doraemon, l'énorme chat. Les personnages ont de grands yeux et leurs émotions sont accentuées par de nombreux points d'exclamation partant de leur visage. Doraemon sort d'un tiroir comme un polichinelle et Nobita est très surpris. Nobita mange un craquelin en forme d'animal et commence à se transformer en chat. Doraemon se fâche... Mais je ne comprends rien au reste de l'histoire.

On frappe à ma porte. J'ouvre et je m'étonne de voir Kenji. Il me tend quelque chose sans me regarder dans les yeux. Une pile de mangas.

— Merci, dis-je en les prenant.

Celui du dessus est un *Fullmetal Alchemist*. Fumiko doit lui avoir dit quels mangas je préfère.

Avant que j'aie pu dire quoi que ce soit, il s'éloigne. Fumiko dit que Kenji agit bêtement pour cacher son embarras. C'est peut-être vrai et il n'est pas si mal après tout.

Je ferme la porte et m'assois sur mon lit, amusée. J'imagine Kenji et moi face à face dans une case de manga. Nos émotions sont illustrées à la façon de *Doraemon*. Je ressemble à Nobita lorsque Doraemon sort du tiroir. Mes yeux sortent de leurs orbites, je suis bouche bée. Des exclamations de surprise volent autour de ma tête. L'anxiété de Kenji se traduit par des gouttes de sueur qui perlent sur son visage ou bien ses joues sont ombrées pour montrer son embarras.

Mais si Fumiko a raison au sujet de Kenji, a-t-elle aussi raison à mon sujet?

Chapitre dix

Le lendemain matin, nous prenons le train express pour Nagoya. Le voyage dure une heure et demie. Nous achetons des boîtes-repas *bento* à la gare de Nagoya en attendant le train pour Tokyo. Les TGV blancs et aérodynamiques arrivent et repartent sans bruit.

Nous montons enfin dans le nôtre. Comme il est déjà plein de passagers, nous devons nous disperser. Je choisis une place libre à côté d'un homme d'affaires japonais; ainsi, je n'aurai pas à m'asseoir à côté de quelqu'un de notre groupe. Tandis que les autres trouvent des places, Mme Delucci nous compte et nous fait ses recommandations. Je m'enfonce dans mon siège et ouvre ma boîte *bento*. Je regarde par la fenêtre. La ville est bientôt derrière nous. Le train traverse à toute vitesse des terres agricoles, des rizières et des agglomérations aux toits de tuiles brunes. De temps en temps j'entrevois l'océan.

Au bout d'une heure et demie environ, M. Akimoto nous invite à regarder par la fenêtre du côté gauche du train. On peut y apercevoir le mont Fuji, une montagne sacrée. Comme je suis assise du côté droit, je ne vois pas grand-chose.

— Je le vois! s'écrie quelqu'un de notre groupe.

D'autres voix s'élèvent, en japonais aussi bien qu'en anglais.

Une femme japonaise assise de l'autre côté de l'allée se lève et me fait signe de prendre sa place pour mieux voir. Je me déplace rapidement, souris en guise de remerciement et me penche vers la fenêtre. Ah, mais oui! J'entrevois brièvement un pic blanc entre les nuages.

— Nous avons de la chance aujourd'hui, dit M. Akimoto. Le mont Fuji ne se montre pas toujours.

Quelques personnes prennent une photo de la montagne avant que les nuages ne la recouvrent. Je retourne à ma place et remercie la femme une fois de plus. L'homme d'affaires me sourit lorsque je me rassois.

La vue du mont Fuji a brisé la glace dans le train. Durant le reste du voyage, on entend le murmure de voix amicales. Deux heures après avoir quitté Nagoya, nous arrivons en gare de Tokyo.

Je bouillonne d'anticipation. Tokyo, me voici!

Nous déposons nos bagages à l'hôtel, puis nous prenons le métro. Il y a deux cartes du métro sur le mur. L'une indique les noms en japonais, l'autre en anglais. La carte en anglais n'est pas très utile. C'est un labyrinthe de lignes colorées.

— Nous allons au parc Ueno, dit M. Akimoto, montrant du doigt le haut de la carte en anglais.

— Rappelez-vous, nous prévient Mme Delucci, nous devons rester ensemble. Si vous êtes séparé du groupe, trouvez un employé du métro et demandez-lui de contacter M. Akimoto, puis ne bougez plus.

Avec un peu de chance, peut-être perdrons-nous Melissa et ses groupies.

Je m'attends presque à voir des employés en uniforme pousser les gens dans les wagons du métro. J'ai vu ça à la télé. Les employés poussaient les gens avec quelque chose qui ressemblait à un balai-brosse. Mais il n'y a pas tant de gens que ça en ce moment.

Nous émergeons enfin au parc Ueno. Nous n'avons malheureusement perdu personne. Il fait soleil maintenant. Le large trottoir à l'entrée du parc est bordé de marchands de nourriture et de souvenirs. Des bannières colorées ornées de caractères japonais sont accrochées aux étalages.

Avant que Mme Delucci n'ait fini de nous compter, DJ a déjà acheté un cornet de papier rempli de viande grillée. Melissa et d'autres filles supplient M. Crawford de les laisser acheter quelque chose avant qu'elles ne meurent de faim. Je vois qu'il est sur le point de céder, alors je me dirige vers l'étalage d'un marchand de glace pilée. Je montre du doigt le sirop rouge et me prépare à toute éventualité.

Je goûte. C'est à la cerise et délicieux.

Le parc est de toute évidence un endroit populaire. Il y a du monde partout — des bébés en poussettes, des grands-parents aux cheveux gris. Il y a des pique-niqueurs assis sur des couvertures de plastique. Je vois même des gens en kimonos.

D'énormes corneilles perchées dans les arbres croassent bruyamment. L'une d'elles descend en piqué devant nous pour attraper de la nourriture sur le trottoir. Melissa pousse un cri et Zach se précipite sur la corneille pour l'éloigner. Celle-ci s'envole vers une branche basse et pousse des cris rauques en direction de Zach et Melissa. Tout le monde rit. Plusieurs autres corneilles se joignent à la première. Elles croassent lorsque nous passons sous l'arbre.

— Nous sommes presque arrivés au Musée national de Tokyo, dit M. Crawford en élevant la voix.

La fontaine devant le musée sera notre point de ralliement.

— Devons-nous *entrer* dans le musée? demande quelqu'un.

M. Crawford plisse les yeux.

— Oui, dit-il. Ce voyage fait partie de votre cours de sciences humaines. Je m'attends à ce que vous trouviez au moins deux choses dans ce musée dont vous me parlerez plus tard.

On entend un grommellement général.

Le musée est un vieil édifice de pierre couleur crème. Devant l'entrée se trouve un long bassin rectangulaire avec une fontaine au milieu.

Nous convenons de nous rassembler près du bassin dans deux heures.

— Et n'oubliez pas, dit M. Crawford. Je m'attends à ce que chacun de vous me parle de deux choses que vous aurez apprises ici.

Après un soupir à l'unisson, nous nous dirigeons vers l'entrée.

— Il n'a pas dit combien de temps nous devons rester, chuchote DJ. Nous regardons deux choses, puis nous nous éclipsons.

Chapitre onze

La première salle du musée est remplie de vieilles statues de pierre. Tout le groupe se rassemble autour des statues. L'idée de DJ semble avoir fait son chemin. Il faut que je regarde autre chose. Je ne veux pas parler à M. Crawford de la même chose que tout le monde. De plus, je ne veux pas sortir du musée en même temps que les autres.

Je parcours rapidement la salle des statues, puis celle des épées de samouraïs. Les murs de la salle suivante sont ornés de sérigraphies et de parchemins — tous sous verre. Ici, je prends mon temps. Des peintures colorées d'oiseaux, d'arbres et de femmes en kimonos sont exécutées en lignes simples. Un peu comme des mangas, mais les sujets et les styles sont différents.

— Tu pourrais faire des choses comme ça, dit une voix à côté de moi.

Je me tourne, surprise. C'est Zach.

— J'ai regardé ton carnet de croquis, dit-il. Tu es pas mal bonne.

— Merci, dis-je avec méfiance.

J'essaie de voir dans son visage s'il se moque de moi.

— Zach! Pourquoi lui parles-tu? La voix de Melissa transperce le silence.

Elle s'approche d'un pas bruyant et attrape le bras de Zach.

— Viens, on a vu plus que deux choses. Je veux sortir de ce trou ennuyant.

Zach se laisse emmener, mais il se retourne et regarde les murs comme s'il aimerait en voir plus.

Je continue de parcourir le musée, m'arrêtant ici et là. Plusieurs peintures, kimonos et bols à thé ont plus de cent ans. Certaines statues et pièces de poterie sont millénaires. C'est assez incroyable.

Lorsque je sors du musée, il n'y a personne de mon groupe en vue. Je pousse un soupir de satisfaction. Enfin seule!

Maintenant que j'ai vu de l'art ancien, j'aimerais bien voir de l'art moderne. J'aimerais visiter un studio de manga ou voir quels types de mangas l'on vend ici. Je trouverais peut-être des magasins si je sortais du parc.

Je reviens sur mes pas en direction du métro. L'air est tiède et humide.

Je regarde autour de moi en marchant;
je jouis de ma liberté. La bande à Melly
est loin d'ici et je peux me relaxer.

La station de métro est entourée de
petits magasins et de restaurants, mais
il n'y a pas de gratte-ciels comme ceux
que nous avons vus en allant à l'hôtel.
Je marche dans la foule comme si je
savais où j'allais. De temps en temps
mes cheveux rouges attirent l'attention
d'un passant qui me regarde, mais sans
insistance.

Il y a des magasins qui vendent les
choses usuelles — vêtements, usten-
siles de cuisine, gadgets. Je finis par
trouver un dépanneur. J'aperçois par la
fenêtre une longue étagère remplie de
magazines, de livres et de mangas. Une
voix féminine enregistrée m'accueille
lorsque j'entre.

Je passe devant des étalages de
bonbons mystérieux et me dirige vers

les mangas. Les dessins des pages couverture attirent mon attention. Il y en a pour les garçons, les filles, les enfants et les adultes. Il y en a même des classés X sous cellophane. Il y a des garçons qui jouent au basket-ball, des samouraïs qui se battent au sabre et des amants sur le point de s'embrasser. L'action se déroule parfois dans une cité ultramoderne, parfois dans un ancien village japonais.

Je les parcours l'un après l'autre. Je suis fascinée par les images, bien que je ne comprenne rien à l'histoire la plupart du temps.

Je choisis finalement deux mangas qui devraient plaire à Fumiko et à Kenji. Pour moi, j'en choisis un dont je veux étudier le style. Puis j'achète un sac de craquelins en forme de lune et un sac de bonbons avec des illustrations d'animaux style manga sur l'emballage. Lorsque je sors, la voix enregistrée me dit merci.

Je reprends la direction du parc.
Du moins c'est ce que je crois faire.
Après quelques minutes, je m'arrête
pour regarder autour de moi. Rien ne
m'est familier. Le magasin à côté de
moi a une grosse enseigne rouge avec
des caractères japonais noirs. Suis-je
passée ici avant? Je ne sais pas. Je
marche encore un peu. Je n'arrive pas
à retrouver le parc. Je sens la panique
envahir ma poitrine.

Je regarde les visages des passants.
Y en a-t-il qui parlent anglais?

— Excusez-moi, dis-je à une dame
d'âge moyen au visage aimable, pouvez-
vous me dire...

Elle secoue la tête et s'éloigne avant
que j'aie pu finir.

Je cherche encore. Peut-être qu'une
personne plus jeune est plus susceptible
de parler anglais. J'aperçois un jeune
homme et m'avance vers lui.

— Excusez-moi, dis-je encore.

— Désolé, dit l'homme, l'air un peu gêné. Mon anglais n'est pas bon.

Et il commence à s'éloigner.

— Attendez! dis-je en attrapant son bras.

Il prend un air alarmé.

— Désolée.

Je lâche son bras. J'ouvre grand les yeux et essaie de l'attendrir avec un air de petit animal perdu. J'espère ne pas avoir l'air trop affolée. Je cherche une façon simple de poser ma question.

— Pouvez-vous me dire où se trouve le parc Ueno?

Il commence à secouer la tête.

— Le parc Ueno? dis-je une autre fois.

Je vois dans ses yeux que la lumière vient de s'allumer.

— Ah, parc Ueno, répète-t-il, souriant.

— Parc Ueno par là, dit-il en m'indiquant la direction avec tous ses doigts, pas juste un.

C'est dans la direction opposée de celle où je marchais.

— Merci! *Arigato gozaimasu!* lui dis-je, un peu trop fort.

Soulagée, je reviens sur mes pas. L'heure du rassemblement approche sans doute.

J'arrive enfin à une entrée du parc. Mais ce n'est pas celle par laquelle je suis sortie plus tôt. Il ne me reste qu'à trouver le musée.

Je cherche les étalages où nous avons acheté de la nourriture, les arbres où nous avons vu les corneilles ou tout autre point de repère. Je serais même contente de voir quelqu'un de mon groupe.

— *Gaijin*, dit une petite fille à sa mère que je croise.

La mère fait taire l'enfant et l'entraîne rapidement.

Gaijin. Étrangère. Différente.

Je m'arrête au milieu du trottoir tandis que les gens marchent autour de moi. Me voici, entourée de gens, et je me sens plus seule que jamais je ne me suis sentie.

Un homme d'un certain âge me dit quelque chose en japonais. Je ne sais pas s'il veut m'offrir son aide ou s'il veut que je dégage le trottoir. Je hausse les épaules et me remets à marcher.

Il devrait y avoir un panneau indicateur quelque part. Le trottoir mène à une colline couverte d'arbres, puis tourne à gauche. Un étroit sentier de pierre monte la colline. Je quitte le trottoir pour prendre le sentier. Je verrai peut-être le musée du haut de la colline.

Il fait plus frais sous les arbres. J'entends d'abord le gazouillement des petits oiseaux, bientôt couvert par de bruyants croassements. Les corneilles sont en furie.

Quelqu'un crie.

Je cours jusqu'en haut. Oubliant le musée, je regarde de l'autre côté de la colline et j'en crois à peine mes yeux.

Melissa et Zach protègent leur tête pendant que deux grosses corneilles fondent sur eux à partir des arbres. L'une d'elles passe à quelques pouces de Melissa, qui tente de la frapper avec son sac à main.

— Va-t-en, oiseau de malheur! crie-t-elle.

À la vue de Zach et Melissa, je ressens un soulagement. Mais je me reprends vite. Moi, contente de les voir? Pas question.

Une deuxième corneille se jette sur Zach. Il remonte le col de son T-shirt comme une tortue rentre la tête dans sa carapace.

Ils sont comiques tous les deux. J'éclate de rire. C'est alors que Melissa m'aperçoit.

— Toi, tais-toi! hurle-t-elle, avec un regard haineux.

Puis elle éclate en sanglots et descend les marches en courant.

Chapitre douze

Zach suit Melissa. Les corneilles se perchent dans un arbre et continuent de croasser.

Je descends le sentier avec précaution en les surveillant. Elles croassent mais me laissent passer. Au-dessus d'elles, j'entrevois un nid.

Je rejoins Zach et Melissa au pied de la colline. Melissa est assise sur un banc, le visage caché dans ses mains. Zach lui tapote le dos pour la réconforter.

Je devrais trouver cette scène divertissante. Le fait que Melissa ait été attaquée par une bande de corneilles tient du karma universel. Mais ses pleurs m'enlèvent toute satisfaction.

J'aimerais m'en aller, mais je ne sais pas dans quelle direction se trouve le musée. Je pourrais me cacher jusqu'à ce qu'ils partent, puis les suivre. Avant que j'aie pu bouger, Zach me voit et lève les mains en signe d'impuissance.

— Je ne sais pas quoi faire, dit-il. Tout va mal aujourd'hui… Peux-tu nous dire comment retourner au musée?

Je le fixe pendant quelques secondes.

— Allons, dit-il. Je ne sais pas pourquoi vous vous disputez, mais ne pourriez-vous pas oublier ça pour aujourd'hui?

Melissa a cessé de pleurer et s'est détournée de nous.

— Laisse tomber, Zach, marmonne-t-elle. Elle ne va pas nous aider.

— Elle ne va pas juste nous laisser ici, Mel, dit Zach.

— Ah? Et depuis quand connais-tu Dana Edwards mieux que moi?

Melissa se retourne. Son mascara a coulé et ressemble à de la peinture de guerre. Ses yeux accusateurs vont de Zach à moi.

Je me rappelle son regard lorsque Zach m'a parlé au musée des pochoirs et comment elle l'a éloigné de moi plus tôt aujourd'hui.

— Tu ne t'imagines quand même pas que Zach et moi avons une liaison! dis-je avec dérision.

— Bon Dieu! proteste Zach.

— Pourquoi pas? dit-elle. Tu fais certainement une compagne plus amus-ante que moi pendant ce voyage.

Holà! C'est bien la dernière chose que je m'attendais à entendre de sa part.

— De quoi veux-tu parler?

Elle se remet à pleurer et lève les mains en l'air.

— Je déteste être ici! braille-t-elle. Je veux rentrer chez moi. Je ne suis venue que parce que Zach venait. Je déteste la nourriture japonaise! Je déteste être entourée de gens que je ne comprends pas! Je déteste les toilettes! Je ne sais jamais ce qu'il faut faire... Et toi tu fais tout comme il faut!

Zach et moi nous regardons. Il hausse les épaules et s'éloigne de quelques pas. Je m'assois sur le banc à côté de Melissa.

— Que veux-tu dire? Je croyais que tu détestais tout ce que je fais.

— Rien ne te dérange, dit-elle. Tu es capable de faire des choses bizarres, moi pas.

— Merci, dis-je avec sarcasme.

— Rien ne te fait peur, dit-elle.

Je suppose qu'elle veut dire que certaines choses lui font peur, à elle.

Je regarde son visage furtivement. Sous les yeux rougis et le maquillage sillonné de larmes, j'entrevois la Melissa que j'ai connue. J'ai presque envie de réagir comme dans le temps et de lui offrir ma sympathie. J'inspire profondément et regarde les arbres où les corneilles sont maintenant calmées. Tout ce bruit ne visait qu'à protéger leur nid. Peut-être que le maquillage et l'attitude de Melissa sont une forme de protection. Je me rappelle combien elle était inquiète avant d'entrer à l'école secondaire. Elle a changé radicalement en septembre. Elle a commencé à mettre beaucoup de maquillage et à essayer d'être Miss Popularité. Était-ce sa façon à elle de réagir face à la peur?

Mais finalement, ma colère l'emporte. Pauvre petite Melly apeurée. Ça n'explique pas pourquoi elle a commencé à être aussi désagréable avec moi.

— Mel, tu te considères au-dessus de tout le monde. Tu ne veux même pas *essayer* d'aimer quoi que ce soit de nouveau. Tu penses que tu es la meilleure et que tout ce qui est différent est merdique.

Elle me regarde, dégoûtée.

— De quoi je me mêle? ricane-t-elle. Tu es la reine des prétentieuses.

Je suis bouche bée.

— Quoi? Je ne suis pas prétentieuse!

— Il faut croire que les apparences sont trompeuses!

Zach s'approche de nous comme s'il s'attendait à ce que nous nous sautions à la gorge d'un instant à l'autre.

— Tu n'es peut-être pas prétentieuse, ajoute Melissa d'une voix plus calme, mais tu agis comme si tu haïssais tout le monde.

Elle a détourné les yeux en disant ça. Il y a quelque chose d'étrange dans sa voix — de l'amertume… ou peut-être de la souffrance. Ça touche ma corde sensible. Je suis fatiguée de cette discussion qui ne mène à rien.

— Tu peux bien penser ce que tu veux! dis-je en lui tournant le dos.

— Voilà! dit-elle. C'est exactement ce que je veux dire. Tu exclus tout le monde. Tu agis comme si rien ne pouvait te toucher. Depuis que nous avons commencé l'école secondaire, tu agis comme si tu ne voulais pas que les autres t'aiment. Comme si tu t'enfermais dans une coquille dure.

Une coquille dure. Fumiko m'a dit que je suis comme Kenji — dure à l'extérieur.

Je me retourne pour lui faire face.

— Alors, c'est ma faute si toi et tes amies me traitez comme une moins que rien. Et il suffirait que je sois plus gentille avec vous, dis-je d'une voix doucereuse, pour que vous soyez plus gentilles avec moi...

Elle hausse les épaules.

— C'est à peu près ça.

— Et si tu avais été plus gentille avec moi lorsque nous avons commencé le secondaire au lieu de m'ignorer pour fréquenter tes nouvelles amies, dis-je de la même voix doucereuse, je n'aurais pas agi comme si je te détestais.

— Peut-être, dit-elle.

Je me sens soudainement fatiguée. Ma haine envers elle n'a-t-elle été qu'un jeu? Pense-t-elle vraiment que j'ai été la première à l'exclure?

Chapitre treize

— Bon, puisque vous n'allez pas vous entretuer..., dit Zach en regardant sa montre, nous devrions retourner au musée.

— Ah, à ce sujet..., dis-je en me levant, je ne sais pas moi non plus comment y aller.

— Tu veux dire que tu es perdue toi aussi? se lamente Melissa.

Elle semble sur le point de se remettre à pleurer. Puis elle se met à rire.

— C'est parfait, dit-elle, parce que je déteste avoir à te demander ton aide.

— C'est pareil pour moi.

Je lui souris comme s'il s'agissait d'une plaisanterie. C'est bizarre. Rien n'a été résolu, mais quelque chose a changé. Comme l'odeur de l'air après l'orage.

Zach nous regarde d'un air ébahi et lève les mains.

— Tant mieux pour vous si ça ne vous dérange pas d'être perdues. Moi, je vais chercher des indications.

Il s'éloigne d'un bon pas. Melissa et moi nous empressons de le rejoindre.

— Regardez, il y a un panneau.

Zach indique un endroit où plusieurs sentiers convergent.

Nous mettons un certain temps à déchiffrer le panneau, mais nous nous accordons finalement sur la direction à suivre. Lorsque nous arrivons au musée, les autres nous attendent.

— Qu'est-ce que tu faisais avec *elle*? demande une des amies de Melissa.

— J'apprenais le japonais, dit Melissa. Que croyais-tu?

Je souris. Melissa et moi ne serons peut-être plus jamais amies, mais je ne la juge plus aussi négativement.

Dans ma chambre d'hôtel ce soir-là, j'ai l'occasion de réfléchir. Nous avons peut-être des façons différentes de nous protéger. Melissa a son maquillage et son attitude. DJ a son humour stupide, Fumiko a ses objets mignons. Lorsque Melissa et moi avons cessé d'être amies, je me suis dit que ça ne me faisait rien, que je n'avais besoin de personne. Se mentir à soi-même peut aussi être une forme de protection.

Le reste du voyage à Tokyo passe trop vite. Les boutiques d'Omotesando et d'Harajuku correspondent à mes goûts vestimentaires particuliers. J'essaie des jeux à SegaWorld. Je me surprends même, et les autres, en proposant à DJ de faire une partie (que je gagne). Le dernier soir, nous essayons le karaoké dans une petite salle qui nous est réservée.

Lorsque nous reprenons le train pour Suzuka, il y a une nouvelle ambiance dans le groupe. Comme si nous étions un groupe véritable, pas juste une bande de gens qui ne s'aiment pas. Je ne dis pas que soudainement j'aime tout le monde, mais quelque chose a changé.

— Hé, la Rouge! dit DJ en me décoiffant.

— Hé, loser! que je lui réponds, cherchant à faire sauter sa casquette.

— Tu ne perds rien pour attendre, la Rouge, dit-il.

Jacqueline Pearce

— C'est ce qu'on verra, dis-je en riant. Tu ne gagneras pas.

Pendant que le train quitte la gare de Tokyo, je m'installe dans mon siège et sors mon carnet de croquis. Je regarde le dessin de la fille manga. Il y a quelque chose qui cloche. Peut-être a-t-elle besoin d'une complice, d'un auxiliaire qui sache manier l'épée… Tandis que j'essaie de décider comment combler cette lacune, une idée me vient. Fébrilement, je tourne la page et me mets à dessiner.

Environ quatre heures plus tard, nous sommes de retour à Suzuka. Fumiko et son père m'attendent à la gare. Je suis contente de les voir. Dans la fourgonnette, je donne à Fumiko le manga que j'ai acheté et le dessin que j'ai fait pour elle dans le train. C'est une version manga de Fumiko. Elle est debout entre une femme japonaise en kimono et un homme d'affaires nord-américain. Tous deux regardent Fumiko avec des expressions de compréhension soudaine. Dans une bulle au-dessus de la femme il y a le mot japonais *hai*. Au-dessus de l'homme, le mot anglais *yes*. En bas du dessin, j'ai écrit *Fumiko Seto, traductrice nº 1.*

— Tu m'as dessinée? demande Fumiko, étonnée et ravie. C'est très réussi!

Après le souper avec les Seto, je donne à Kenji le livre que j'ai choisi pour lui et un autre dessin que j'ai fait dans le train. Celui-ci est une version manga de Kenji qui joue au soccer et compte un but. Au bas du dessin, c'est écrit *Kenji Seto, champion de soccer.*

J'observe le visage de Kenji tandis qu'il regarde le dessin et je suis dans le doute. J'ai peut-être exagéré. Je vois ses lèvres qui forment les mots « champion de soccer ». Il pense probablement que c'est tout à fait idiot.

Mais il lève les yeux, souriant. C'est la première fois que Kenji me sourit.

— Merci, dit-il, le visage rouge de gêne.

Il détourne son regard et se lève pour partir, puis se retourne et me fait un autre sourire.

Chapitre quatorze

Nous passons plus de temps à l'école durant la dernière semaine. Nous faisons même le ménage des salles de classe, ce que font normalement les élèves japonais. On dit que ça développe l'esprit d'équipe et le sens des respon-sabilités. Je suppose que c'est efficace. Fumiko et les autres n'ont pas l'air malheureuses. Comme DJ est occupé à faire des blagues et Melissa et ses amies à se plaindre, le groupe des Canadiens n'accomplit pas grand-chose.

Nous passons aussi plus de temps avec nos familles hôtes. Les Seto m'amènent voir une partie de soccer où joue Kenji. J'éprouve beaucoup de plaisir à acclamer son équipe avec Fumiko. Il y a plus de spectateurs ici qu'aux parties disputées entre les écoles chez nous. Les acclamations sont plus polies — pas de huées ni de commentaires négatifs.

Le dernier jour, les Seto m'amènent au sanctuaire d'Ise, à une heure de Suzuka. C'est un des sanctuaires les plus célèbres du Japon, dédié à la déesse du Soleil. Il est situé au même endroit depuis près de deux mille ans. Nous suivons un sentier parcouru depuis des siècles dans cette forêt sacrée. Lorsque nous arrivons au sanctuaire, Fumiko et sa famille s'arrêtent et disent une prière.

Fumiko me dit que le sanctuaire est reconstruit tous les vingt ans.

— Mes parents ont aidé à acheminer le bois jusqu'au site la dernière fois, dit Fumiko. La prochaine fois, Kenji et moi allons aider.

— Vous n'utilisez pas des camions?

— Non, explique-t-elle. Des gens aident à flotter le bois sur la rivière, puis on le traîne dans le sentier avec des cordes. C'est ainsi que l'on fait depuis plus de mille ans.

— Et bien! dis-je.

Je n'arrive pas à m'imaginer faire partie d'une tradition aussi ancienne.

Le dernier soir, Fumiko et moi nous tenons de l'autre côté de la rue devant la rizière. Les plantes ont poussé depuis mon arrivée. J'ai l'impression d'en savoir beaucoup plus sur le Japon maintenant, mais j'en ai à peine effleuré la surface.

Un bruit nous parvient de la maison.
C'est Kenji qui se dirige vers nous.

— Ceci est pour toi, dit-il avec
application en me donnant un morceau
de papier.

— Merci, dis-je, curieuse.

Kenji indique le logo sur son maillot
de soccer.

— J'ai demandé à mes professeurs,
dit-il.

Je déplie le papier et lis les mots écrits
avec soin. J'imagine combien de temps
ça lui a pris pour écrire en anglais.

*Une vieille histoire japonaise
raconte que jadis un monstre allait
dévorer le soleil. Les souverains du
ciel ont alors créé la corneille. La
corneille vola dans la bouche du
monstre et l'étouffa. La corneille vit
maintenant dans le soleil. Elle a trois
pattes. Une patte pour l'aube, une
pour le midi et une pour le crépus-
cule. Une autre vieille histoire dit qu'il*

y a longtemps, le premier empereur du Japon se perdit en traversant les montagnes. La déesse du soleil envoya la corneille à trois pattes pour l'aider à retrouver son chemin.

Je pense aux corneilles du parc Ueno. Elles m'ont aidée à retrouver mon chemin de plusieurs façons. Je me demande si l'une d'elles avait trois pattes.

— C'est très intéressant, dis-je à Kenji. Est-ce que la corneille à trois pattes aide maintenant l'équipe japonaise de soccer?

Il met quelques secondes à comprendre ce que je viens de dire. Puis il incline la tête et rit. Dans la rizière, les grenouilles se mettent à coasser.

— Je n'ai toujours pas vu de grenouille, dis-je.

— Là! dit Kenji, indiquant l'eau à nos pieds.

Nous nous penchons et cette fois-ci j'en vois une — une toute petite grenouille verte. Elle est visible pendant un instant seulement, puis disparaît sous l'eau.

— Le mot japonais pour grenouille, *kaeru*, est semblable au mot japonais qui veut dire *rentrer chez soi*, dit Fumiko. Alors la grenouille est le symbole d'un bon voyage de retour.

Nous contemplons la rizière en silence. Je pense aux dernières semaines. Je ne me rappelle pas à quoi je m'attendais, mais j'ai appris que le Japon est un endroit où le nouveau côtoie l'ancien. Un endroit où il est bon de faire partie d'un groupe. Et j'ai appris à me connaître.

Je commence même à avoir hâte de rentrer chez moi. J'ai hâte de montrer Vancouver à Fumiko lorsque son groupe viendra au Canada le mois prochain. Dommage que Kenji ne vienne pas aussi.

— Ne nous disons pas adieu, dit Fumiko comme si elle lisait dans mes pensées. Disons *matta ne*. Ça veut dire *au revoir*.

Matta ne. Tandis que nous retournons à la maison je me dis que je suis encore une *gaijin*, mais pas tout à fait une étrangère. Et que j'ai encore le temps de prendre un dernier bain japonais, bien chaud et relaxant.